AF312499

CATALOGUE

DES

LIVRES RARES

ET PRÉCIEUX

ANCIENS ET MODERNES

COMPOSANT

LA BIBLIOTHÈQUE DE M. H. DE ***

PREMIÈRE PARTIE

Publications modernes

Sur peau de vélin, Papiers de Chine

Whatman, Hollande, etc.

PARIS

A. DUREL, LIBRAIRE

9 ET 11, PASSAGE DU COMMERCE, 9 ET 11

21, RUE DE L'ANCIENNE-COMÉDIE, 21

1884

CATALOGUE

DES

LIVRES RARES

ET PRÉCIEUX

ANCIENS ET MODERNES

COMPOSANT

LA BIBLIOTHÈQUE DE M. H. DE ***

PREMIERE PARTIE

LA VENTE AURA LIEU

Le Samedi 6 Décembre 1884

A DEUX HEURES TRÈS PRÉCISES

HOTEL DES COMMISSAIRES-PRISEURS, 9, RUE DROUOT

Salle n° 3, au premier

Par le ministère de Me MAURICE DELESTRE, commissaire-priseur

27, rue Drouot

Assisté de M. A. DUREL, libraire

21, rue de l'Ancienne-Comédie. 9 et 11, passage du Commerce

CONDITIONS DE LA VENTE

La vente se fait au comptant.

Les acquéreurs paieront 5 pour 100, en sus des enchères, applicables aux frais.

Les livres devront être collationnés sur place dans les vingt-quatre heures de l'adjudication. Passé ce délai, ou une fois sortis de la salle de vente, ils ne seront repris pour aucune cause.

M. A. DUREL, chargé de la vente, remplira les commissions des personnes qui ne pourraient y assister.

M. A. DUREL se réserve la faculté de réunir et de vendre en un seul lot tels articles du catalogue qu'il jugera utile à l'intérêt de la vente.

Paris. — Typ. G. Chamerot, 19, rue des Saints-Pères. — 16942.

CATALOGUE

DES

LIVRES RARES

ET PRÉCIEUX

ANCIENS ET MODERNES

COMPOSANT

LA BIBLIOTHÈQUE DE M. H. DE *

PREMIÈRE PARTIE

Publications modernes

Sur peau de vélin, Papiers de Chine,

Whatman, Hollande, etc.

(

PARIS

A. DUREL, LIBRAIRE

9 ET 11, PASSAGE DU COMMERCE, 9 ET 11

21, RUE DE L'ANCIENNE-COMÉDIE, 21

1884

La vente de la seconde partie de la Bibliothèque de M. H. de *** composée de six cents articles, de livres anciens, manuscrits sur vélin, gothiques français, livres à figures sur bois, reliures anciennes avec armoiries, poètes français des seizième et dix-septième siècles, éditions originales de nos grands écrivains, livres à figures du dix-huitième siècle, etc., etc., aura lieu à l'Hôtel Drouot en février prochain.

CATALOGUE

DES

LIVRES RARES

ET PRÉCIEUX

ANCIENS ET MODERNES

COMPOSANT LA BIBLIOTHÈQUE

DE M. H. DE ***

PREMIÈRE PARTIE

Publications modernes sur peau de vélin. Papiers de Chine, Whatman, Hollande, etc.

1. **Abélard.** Ouvrages inédits d'Abélard pour servir à l'histoire de la philosophie scolastique en France, publiés par M. Victor Cousin. *Paris, Imprimerie royale,* 1846, gr. in-4. mar. rouge, fil. dos orné, tr. dor. (*Au chiffre du Roi Louis-Philippe.*)

     Exemplaire en grand papier vélin de la Collection des Documents inédits sur l'histoire de France.

2. **Album de la Comédie-Française,** par MM. F. Febvre et T. Johnson, avec une lettre autographe de M. Alex. Dumas fils et un frontispice par Sarah Bernhardt. *Paris, Ollendorff,* 1880, gr. in-4, pap. teinté, texte encadré, demi-rel. chag. r. tête dor. éb.

     Superbe publication de luxe dédiée à S. A. R. le Prince de Galles, et ornée de 25 eaux-fortes hors texte.

3. **Allut (Paul).** Recherches sur la vie et sur les œuvres du P. Claude-François Ménestrier de la Compagnie de Jésus: suivies d'un recueil de lettres inédites de ce Père à Gui-

chenon, et de quelques autres lettres de divers savants de
son temps, inédites aussi, par **M.** Paul Allut. *A Lyon, chez
Nic. Scheuring,* 1856 (*imprimerie de Louis Perrin*), gr. in-8,
portr. fig. fac-similé, mar. La Val. jans. dent. int. tr. dor.
(*Capé.*)

4. **Allut** (Paul). Étude biographique et bibliographique sur
Symphorien Champier, par M. P. Allut, *A Lyon, Nic.
Scheuring* (*imprimerie de Louis Perrin*), 1859, gr. in-8 portr.
et fig. sur bois, demi-rel. dos et coins cuir de Russie, fil.
dos orné, tête dor. non rog.

Exemplaire sur papier vergé teinté.

5. **Anacréon**. Odes d'Anacréon, traduites en vers sur le
texte (en regard) de Brunck par J.-B. de Saint-Victor.
A Paris, chez H. Nicolle, 1813, in-12, fig. de Girodet, mar.
cit. dent. tr. dor. (*Doll.*)

6. **Ancien Théâtre françois**, ou Collection des ouvrages
dramatiques les plus remarquables. Depuis les Mystères
jusqu'à Corneille. Publié avec des notes et éclaircissements
par M. Viollet-le-Duc. *Paris, chez P. Jannet,* 1854-1857,
10 vol. in-16, mar. br. janséniste, dent. int. tr. dor. (*Capé.*)

Exemplaire sur papier de Chine.

7. **Armengaud**. Les Galeries publiques de l'Europe, par
J.-G.-D. Armengaud. Rome-Italie. *Paris, J. Claye et Ch.
Lahure,* 1856-1862, 2 vol. gr. in-4. nombr. fig. mar. bleu,
fil. dos orné, tête dor. non rog. fermoirs.

Exemplaire sur papier de Chine.

8. **Armengaud**. Les Galeries publiques de l'Europe par
J.-G.-D. Armengaud. Italie. *Paris, imprimerie de Ch. Lahure*
1862, gr. in-4, mar. r. fil. dos orné dent. int. tr. dor.
(*Bertrand.*)

Exemplaire sur papier de Chine.

9. **Armorial et Nobiliaire** de l'évêché de Saint-Pol-de-
Léon en 1443 par le marquis de Refuge, lieutenant général
des armées du Roi. Deuxième édition publiée avec une
introduction et des notes, par Pol de Courcy. *Paris, Aug.
Aubry, et Nantes, V. Forest et G. Grimaud,* 1863, pet. in-8,
fig. mar. bl. fil. dos orné dent. int. tête dor. éb. (*Capé-
Masson-Debonnelle.*)

L'un des quatre exemplaires imprimés sur PEAU DE VÉLIN.

10. **Balzac**. Les Contes Drolatiques colligez ez abbayes de
Touraine et mis en lumière par le sieur de Balzac pour
l'esbattement des pantagruelistes et non aultres. Cin-

quiesme édition illustrée de 425 dessins par Gustave Doré. *Et se trouve à Paris, ez bureaux de la Société générale de librairie*, 1855, in-8, cart. toile, non rog. (*Première édition illustrée.*)

11. Baschet (A.) et **Feuillet de Conches.** Les Femmes blondes selon les peintres de l'Ecole de Venise, par deux Vénitiens (Armand Baschet et Feuillet de Conches). *Paris, Aug. Aubry*, 1865, in-8, mar. r. jans. dent. int. éb. (*Chambolle-Duru.*)

> Bel exemplaire sur PEAU DE VÉLIN.

12. Beaumarchais. OEuvres choisies de Beaumarchais. *A Paris, de l'imprimerie et de la fonderie stéréotype de P. Didot l'aîné*, 1813, 3 vol. gr. in-18, vél. vert, non rog. dans des étuis.

> Un des deux exemplaires imprimés sur PEAU DE VÉLIN.

13. Beaumarchais. Théâtre complet de Beaumarchais, réimpression des éditions princeps, avec les variantes des manuscrits originaux, publié pour la première fois par G. d'Heylli et F. de Marescot. *Paris, Académie des bibliophiles (imprimerie de D. Jouaust)*, 4 vol. in-8, *en feuilles*, dans des étuis.

> Un des deux exemplaires sur PEAU DE VÉLIN.

14. Beneyton. Chroniques, contes et légendes, par Charles-Amédée Beneyton. *Imprimé à Metz, chez Pallez et Rousseau, et se vend chez Dumoulin, libraire-éditeur à Paris*, 1854, in-4, mar. r. fil. dos orné, dent. int. tr. dor. (*Lardière.*)

15. Benserade. Poésies de Benserade, publiées par Octave Uzanne. *Paris, Librairie des bibliophiles*, 1875, pet. in-8, portr. et frontisp. rel. en vélin, non rog.

> Un des deux exemplaires imprimés sur parchemin vélin. Joli frontispice dessiné et gravé par Lalauze.

16. Bernard (A.). Geofroy Tory, peintre et graveur, premier imprimeur royal, réformateur de l'orthographe et de la typographie, sous François Ier; par Aug. Bernard. Deuxième édition, entièrement refondue. *Paris, Tross*, 1865. gr. in-8, fig. cart. éb. dans un étui.

> Un des deux exemplaires imprimés sur PEAU DE VÉLIN.

17. Bernardin de Saint-Pierre. Paul et Virginie, précédé d'une préface par Jules Janin (orné de quatre eaux-fortes par Foulquier). *A Paris, chez D. Jouaust*, 1869, in-8, *en feuilles*, dans un étui en cuir de Russie.

> Exemplaire sur PEAU DE VÉLIN.

18. Bernis. Œuvres du cardinal de Bernis, collationnées sur les textes des premières éditions, et classées dans un ordre plus méthodique. *Paris, Delangle*, 1825, in-8, pap. cavalier vélin, portr. sur chine, dos et coins de mar. violet, fil. dos orné, non rog.

19. Bibliographie des ouvrages relatifs à l'Amour, aux Femmes, au Mariage et des livres facétieux, pantagruéliques, scatologiques, satiriques, etc., contenant les titres détaillés de ces ouvrages, les noms des auteurs, un aperçu de leur sujet, leur valeur et leur prix dans les ventes, etc. Par M. le C. d'I***, 3° édition entièrement refondue et considérablement augmentée. Ordre alphabétique par noms d'auteurs et titres d'ouvrages. *Turin, Londres,* 1871-1873, 6 vol. in-12, demi-rel. dos et coins de mar. r. tête dor. éb. (*Raparlier.*)

20. Boileau-Despréaux. Œuvres de Boileau, édition dédiée au Roi. *A Paris, de l'imprimerie et fonderie de P. Didot l'aîné*, 1819, 2 tomes en 1 vol. gr. in-fol. pap. vélin, demi-rel. dos et coins de cuir de Russie, tête dor. non rog.

Cette magnifique édition ornée de 9 vignettes dessinées par A. Fortin, gravées par A. Girardet, n'a été tirée qu'à 125 exemplaires.

21. Boileau. Œuvres poétiques de Boileau, avec des notices par M. Poujoulat. Eaux-fortes, par V. Foulquier. *Tours, Alfred Mame et fils*, 1870, gr. in-8, mar. r. fil. dos orné, dent. int. tr. dor. (*Chambolle-Duru.*)

Bel exemplaire sur papier de Chine.

22. Borel (P.). Champavert, contes immoraux par Petrus Borel le Lycanthrope, eaux-fortes par M. Adrien Aubry. *Bruxelles, J. Blanche,* 1872, in-8, pap. de Hollande, demi-rel. dos et coins de mar. r. fil. dos orné, tête dor. non rog.

23. Bosquet (G.). Histoire sur les trovbles advenvs en la ville de Tolose, l'an 1562, le dix-septiesme May, par Georges Bosqvet, advocat en la Cour du Parlement de Tolose. Nouvelle édition avec notes. *Paris, chez Jules Gay*, 1862, in-18, mar. r. jans. dent. int. tr. dor. (*Capé-Masson-Debonnelle.*)

Un des deux exemplaires imprimés sur PEAU DE VÉLIN.

24. Bossuet. Oraisons funèbres de Bossuet, évêque de Meaux. *Paris, de l'imprimerie et de la fonderie stéréotype de P. Didot l'aîné*, 1802, gr. in-18, vélin vert, éb. dans un étui.

Exemplaire unique imprimé sur PEAU DE VÉLIN.

25. Bossuet. Discours sur l'Histoire universelle, par Bossuet, avec une préface par M. Poujoulat ; gravures à l'eau-forte par V. Foulquier. *Tours, Alfred Mame et fils*, 1870, gr. in-8, mar. r. fil. dos orné, dent. int. tr. dor. (*Chambolle-Duru.*)

Bel exemplaire sur papier de Chine. Tiré à 20 exemplaires sur ce papier.

26. Bouteiller (E. DE) et G. DE BRAUX. La Famille de Jeanne d'Arc. Documents inédits, généalogie. Lettres de J. Hordal et de Cl. du Lys à Ch. du Lys, publiées pour la première fois par E. de Bouteiller et G. de Braux. *Paris, A. Claudin*, 1878, in-8, br.

Exemplaire en grand papier Whatman avec quatre suites du frontispice, gravées par Riballier.

27. Brohan (Mme AUG.). Qui femme a, guerre a. Comédie en un acte et en prose (par Augustine Brohan). *Paris, Librairie nouvelle*, 1860, gr. in-8, mar. r. jans. non rog.

Exemplaire sur papier de Chine. On y a ajouté deux portraits photographiés de l'auteur et une lettre autographe.

28. Budé. Traitte de la Vènerie, par feu monsieur Budé. Traduict du latin en françois par Loys le Roy dict Regius. Suyvant le commandement qui lui en a esté faict a Blois par le Roy Charles IX. Publié pour la premiere fois, d'après le manuscrit de l'Institut, par Henri Chevreul. *Paris, Aug. Aubry*, 1861, in-8, mar. olive, milieux dorés, dent. int. éb. (*Capé.*)

Bel exemplaire imprimé sur PEAU DE VÉLIN.

29. Cahier. Nouveaux mélanges d'archéologie, d'histoire et de littérature sur le moyen âge, par le P. Ch. Cahier. — Ivoires, miniatures, émaux. *Paris, Firmin-Didot frères, fils et Cie*, 1874, gr. in-4, planches hors texte et nombr. fig. demi-rel. dos et coins de mar. r. tête dor. éb.

30. Cantiqve faict à l'honneur de Dieu, par Henry de Bovrbon IIIIe de ce nom, tres-chrestien Roy de France et de Navarre, après la bataille obtenve svr les Ligvevrs en la plaine d'Iury le 14 de mars, 1591. *Nouuellement imprimé à Lyon, par Lovis Perrin pour la librairie Tross à Paris*, 1863, plaq. in-8, mar. r. jans. dent. int. éb. (*Chambolle-Duru.*)

Exemplaire imprimé sur PEAU DE VÉLIN.

31. Catalogue complet des Républiques imprimées en Hollande, in-24 avec des remarques sur les diverses éditions, par De La Faye. Nouvelle édition revue, corrigée et augmentée par J. Chenu. *Paris, L. Potier*, 1854, in-18, mar. r. fil. dos orné, dent. int. non rog. (*Capé.*)

Exemplaire imprimé sur PEAU DE VÉLIN.

32. **Catalogue** de la bibliothèque de feu M. Van den Zande. *Paris, Techener*, 1854, gr. in-8, demi-mar. vert, tête dor. non rog. (*Raparlier.*)

> Exemplaire en grand papier vélin, avec les prix d'adjudication à l'encre.

33. **Catalogue** de tableaux de premier ordre, anciens et modernes, composant la galerie de M. le marquis de La Rochebrune. *Paris,* 1873, in-4, demi-rel. dos et coins de maroq. br. tête dor. non rog. (*Petit.*)

> Exemplaire en grand papier avec 34 eaux-fortes de Jacquemart, Courtry, Martial, Le Rat, Lalanne, Guillaumot fils, Greux, etc.

34. **Catalogue** des livres de Mme la comtesse Du Barry, avec les prix. A Versailles, 1771. Reproduction du catalogue manuscrit original, avec des notes et une préface par P. L. Jacob, bibliophile. *Paris, Aug. Fontaine,* 1874, petit in-12, demi-rel. toile, non rog. (*Carayon.*)

> Charmant volume tiré à 100 exemplaires numérotés.
> C'est un catalogue inédit, reproduit d'après un mss. du relieur Redou, fournisseur de la comtesse Du Barry.

35. **Catalogue** du Musée rétrospectif (Exposition de 1865). *Paris, Lemer,* 1867, in-4, pap. vergé, cart. n. r.

36. **Cent cinq Rondeaulx d'amour,** publiés d'après un manuscrit du commencement du xvie siècle, par Edwin Tross. *Paris, Tross,* 1863, petit in-8, réglé, fac-similé, mar. r. jans. dent. int. éb. (*Chambolle-Duru.*)

> Bel exemplaire sur PEAU DE VÉLIN.

37. **Cent cinq Rondeaulx d'amour,** publiés d'après un manuscrit du commencement du xvie siècle, par Edwin Tross. *Paris, Tross,* 1863, pet. in-8 réglé, fac-similé, mar. orange fil., milieux dorés, dos orné, dent. int. éb. (*Capé-Masson-Debonnelle.*)

> Exemplaire sur papier Whatman.

38. **Chabert** (l'abbé). Les Visions d'Isaïe fils d'Amos, traduites en vers français par l'abbé C. Chabert. *Lyon, chez N. Scheuring,* 1860 (*imprimerie de Louis Perrin*), gr. in-8, mar. r. jans. dent. int. tr. dor. (*Capé.*)

39. **Champ-Repus.** OEuvres poétiques de Jacques de Champ-Repus, gentilhomme bas-normand. Publiées et annotées, par Marigues de Champ-Repus. *Paris, Bachelin-Deflorenne,* 1864, in-8 écu, mar. r. fil. dos orné, dent. int. non rog. (*Chambolle-Duru.*)

> Exemplaire unique sur parchemin.

40. **Chansonnier huguenot** (le) du xvi° siècle. *Paris, librairie Tross (imprimerie de Alf.- Louis Perrin et Marinet)*, 1870, 2 vol. in-16, mar. br. fil. dent. int. tr. dor. (*Hardy.*)

Exemplaire sur papier de Hollande, aux armes de M. André Masséna, prince d'Essling.

41. **Chansons** et saluts d'amour de Guillaume de Ferrieres dit le Vidame de Chartres, la plupart inédits. Réunis pour la première fois avec les variantes de tous les manuscrits. Précédés d'une notice sur l'auteur, par M. Louis Lacour. *Paris, Aug. Aubry*, 1856, petit in-8, mar. r. fil. dos orné dent. int. éb. (*Capé.*)

Bel exemplaire imprimé sur PEAU DE VÉLIN.

42 **Charvet** (Cl.). Mémoires pour servir à l'histoire de l'abbaye royale de Saint-André-le Haut de Vienne, par Claude Charvet, archidiacre de La Tour. Publiés pour la première fois sur le manuscrit de l'auteur, avec notice, notes, pièces justificatives, figures, blasons, etc., par M. P. Allut. *Lyon, N. Scheuring*, 1868 (*imprimerie de Louis Perrin*), in-8, fig. mar. r. fil. dos orné, dent. int. éb. (*Chambolle-Duru.*)

Exemplaire unique tiré sur PEAU DE VÉLIN.

43. **La Chemise sanglante** de Henry le Grand, nouvelle édition. *Paris, Aug. Aubry*, 1860, in-12, mar. r. jans. dent. int. éb. (*Chambolle-Duru.*)

Bel exemplaire imprimé sur PEAU DE VÉLIN. .

44. **Collection** de petits classiques françois dédiée à S. A. R. Madame la duchesse de Berry. *Paris, Delangle*, 1825-1826. Ensemble 9 vol. in-16, demi-rel. dos et coins de mar. r. jans. tête dor. éb. (*David.*)

Cette jolie petite collection n'a été tirée qu'à cinq cents exemplaires. *Œuvres de Sarrazin. — Conjuration du comte de Fiesque*, par Le cardinal de Retz. — *Madrigaux de M. de La Sablière. — Œuvres choisies de Sénecé. — Poésies de M*me *Éveline Désormery*, recueillies et publiées par N. Delangle. — *Relation des campagnes de Rocroi et de Fribourg*, par Henri de Bessé, sieur de la Chappelle-Millon. *Voyage de Chapelle et de Bachaumont. — La Guirlande de Julie, offerte à* M*lle de Rambouillet*, par M. de Montausier. — *Diverses petites poésies du chevalier d'Aceilly.*

45. **Contes de fées** mis en vers, imités de Perrault et autres (par Creuzé de Lesser). *Paris, F. Didot frères*, 1834. in-18, mar. vert olive, fil. tr. dor. (*Bauzonnet.*)

Bel exemplaire avec portrait et une lettre autographe de Creuzé de Lesser ajoutés.

46. Corneille (Pierre). Théâtre choisi de Corneille avec une notice par M. Poujoulat, vingt-cinq sujets et un portrait gravés à l'eau-forte par V. Foulquier, compositions de Barrias et de V. Foulquier. *Tours, Alfred Mame et fils*, 1880, gr. in-8, br.

Exemplaire sur papier de Chine. Tiré à 21 exemplaires sur ce papier.

47. Costumes des Pyrénées dessinés d'après nature et lithographiés, par Ed. Pingret. *Paris, chez Gihaut frères, s. d.*, (1834). Album in-4 de 40 lithographies en couleur, demi-rel. chag. r. pl. toile.

48. Davillier (Ch.). Le Cabinet du duc d'Aumont et les amateurs de son temps; Catalogue de sa vente avec les prix, les noms des acquéreurs et 32 planches d'après Gouthière; accompagné de notes et d'une notice sur Pierre Gouthière, sculpteur, ciseleur et doreur du Roi, et sur les principaux ciseleurs du temps de Louis XVI, par le baron Ch. Davillier. Documents inédits. *Paris, chez Aug. Aubry*, 1870 *(imprimerie de D. Jouaust)*, in-8, fig. en feuilles dans un étui.

Exemplaire sur peau de vélin.

49. Description d'un choix de livres faisant partie de la bibliothèque d'un amateur bordelais en 1872. *A Bordeaux, s. d.*, in-16, pap. de Holl. mar. gr. fil. dos orné, dent. int. tr. dor. (*Chambolle-Duru.*)

50. Desroches (Mme). La Puce, de Mme Desroches, publiée par D. Jouaust. *Paris, chez D. Jouaust*, 1868, in-18, mar. r. fil. dos orné, dent. int. tr. dor. (*Thibaron.*)

Un des deux exemplaires sur parchemin.

51. Dumesnil (A.). Bernard Palissy, le potier de terre, par Alfred Dumesnil. *Paris, Grassart, s. d.*, in-16, mar. vert jans. dent. int. tr. dor. (*Thibaron.*)

52. Enlèvement (l') innocent ou la Retraite clandestine de Monseigneur le Prince avec Madame la Princesse sa femme, hors de France, 1609-1610, vers itinéraires et faits en chemin, par Claude-Enoch Virey, secretaire dudit seigneur, à M. Louis Dollé, advocat excellent au Parlement de Paris, publié d'après le manuscrit de la Bibliothèque nationale, par E. Alphen. *Paris, Aug. Aubry*, 1859, in-12, mar. r. dos et milieux ornés, fil. dent. int. non rog. (*Capé.*)

Un des deux exemplaires imprimés sur peau de vélin.

53. Entrée (l') de Henri II. roi de France à Rouen, au mois d'octobre 1550, imprimé pour la première fois d'après un manuscrit de la bibliothèque de Rouen, orné de 10 planches gravées à l'eau-forte par Louis de Merval, accompagné de notes bibliographiques et historiques, par S. de Merval. *Rouen, imprimerie de H. Boissel*, 1868, in-4 obl. dos et coins mar. r. tête dor. non rog. (*David.*)

Exemplaire sur papier vergé de Hollande.

54. **Érasme.** Éloge de la Folie, d'Érasme, traduit par Victor Develay et accompagné des dessins de Hans Holbein. *Paris, Librairie des bibliophiles*, 1872, in-8, fig. en feuilles dans un étui en chag. r.

Un des quatre exemplaires sur PEAU DE VÉLIN.

55. **Érasme.** Éloge de la Folie, d'Érasme, traduit par V. Develay, et accompagné des dessins de Hans Holbein. *Paris, Librairie des bibliophiles*, 1872, in-8, pap. de Hollande à la forme, mar. bleu, fil. dos orné, dent. int. tête dor. n. r.

56. **Essai** d'un nouveau caractère, offrant un essai lyrique, de P. Didot l'aîné. *Paris, chez l'auteur et J. Didot fils*, 1821. in-8, cart. non rog.

Exemplaire sur PEAU DE VÉLIN.

57. **Farce** (la) de Maistre Pierre Pathelin. précédée d'un Recueil de monuments de l'ancienne langue française, depuis son origine jusqu'à l'an 1500, avec une introduction par M. Geoffroy-Chateau. *Paris, Amyot*, 1853, in-18. mar. r. fil. dos orné, dent. int. tr. dor. (*Capé.*)

Exemplaire sur papier vergé de Hollande teinté, avec envoi d'auteur signé.

58. **Farce** || joyeuse et récréative à trois personnages, || à sçavoir : Tout, Chascun, et Rien ||

> Quand tous les biens on peseroit
> Encontre Rien, on trouveroit
> Que rien est plus pesant encore
> C'est donc Vanité qu'on adore

Imprimé pour la Société des bibliophiles françois. || *Paris*, || *Imprimerie de Firmin-Didot*, || 1828. || — Le Dialogue || du Fol et du Sage. || Moralité du XVe siècle.

> Livre joyeux et delectable
> Auquel par un parler notable
> Un sage et un fol plaisant
> Concluent en bref langage :
> (Ce que l'on voit le plus souvent)
> Tel est fol qui pense être sage.

A Paris, || *chez Simon Calvarin, rue Saint-Jacques*, || *à la Rose*

Blanche couronnée. || (*S. d.*) (*Imprimé pour la Société des bibliophiles françois. Paris, imprimerie de Firmin-Didot,* 1828.) Gr. in-8, mar. bl. fil. dos orné, dent. int. tr. dor.

Exemplaire sur PEAU DE VÉLIN.

59. **Fénelon**. Discours prononcé par Fénelon, archevêque de Cambrai, le jour de la bénédiction de M. Dambrines, abbé du Saint-Sépulcre, à Cambrai. *Paris, Louis Janet,* 1828, in-8, portr. mar. r. jans. dent. int. tr. dor. (*Duru.*)

Exemplaire sur PEAU IE VÉLIN.

60. **Fénelon**. Aventures de Télémaque suivies des aventures d'Aristonoüs, par Fénelon, deux notices par M. Poujoulat, quatorze gravures à l'eau-forte par V. Foulquier, *Tours, Alfred Mame et fils,* 1873, gr. in-8, br.

Exemplaire sur papier de Chine, tiré à 21 exemplaires sur ce papier.

61. **Fertiault**. Les Amoureux du Livre, sonnets d'un bibliophile, fantaisies, commandements du bibliophile, bibliophiliana, notes et anecdotes par F. Fertiault, préface du bibliophile Jacob (Paul Lacroix). Seize eaux-fortes de J. Chevrier, *Paris, Claudin,* 1877, in-8, br.

Exemplaire sur grand papier teinté.

62. **Feu Séraphin**. Histoire de ce spectacle depuis son origine jusqu'à sa disparition (1776-1870). *Lyon, N. Scheuring,* 1875 (*imprimerie de Louis Perrin*), in-8, portr. et vignettes. mar. r. fil. dos orné, dent. int. tête dor. non rog. (*Chambolle-Duru.*)

Bel exemplaire sur papier vergé de Hollande.

63. **Fleur des chansons** (la) amoureuses, où sont comprins tous les airs de court. Recueillis aux cabinets des plus rares poètes de ce temps. *A Rouen, Adrian de Launay,* M.D.C. *Avec privilège du Roy* (*Bruxelles, A. Mertens et fils,* 1866), in-12, demi-rel. chag. r. dos orné, tête dor. non rog.

Réimpression à 106 exemplaires numérotés.

64. **Fossetier** de la glorieuse victoire divinemēt obtenue devāt Pavie par Lēpereur Charles quint d ce nom. Des isles et lieus qil possesse en Aphricque. Chant royal a la loēge dycelluy, Carole fis mundi pater et rex iuris amator, Ecclesie tutor fidei pugil aurea per te tempora dante deo redeant per secula cuncta. Rondelet de ij sillabes, dit en la psone de Lēpereur sur son mot qu'est Plus oultre.

Plus oultre	Mon coutre
Iray	Pour vray
Jai outre	Plus oultre
Plus oultre	Iray

(A la fin :) *Imprimé par Jean Enschedé et fils a Harlem Pour la librairie Tross à Paris*, M.D.CCC.LXVIII, in-4, goth. mar. r. janséniste éb. (*Chambolle-Duru.*)

Exemplaire sur PEAU DE VÉLIN.

65. **Galerie** historique des portraits des comédiens de la troupe de Molière, gravés à l'eau-forte, sur des documents authentiques, par Frédéric Hillemacher, avec des détails biographiques succincts, relatifs à chacun d'eux. Dédié à la Comédie-Française. Seconde édition. *Lyon, Nic. Scheuring* (*imprimerie de Louis Perrin*), 1869, in-8, portr. et vignettes, *en feuilles*, dans un étui.

Exemplaire imprimé sur PEAU DE VÉLIN.

66. **Gautier** (L.). La Chanson de Roland, texte critique accompagné d'une traduction nouvelle et précédé d'une introduction historique, des notes et variantes, le glossaire et la table, par Léon Gautier, avec 12 eaux-fortes, par Chiflart et V. Foulquier, un fac-similé, une carte géographique et 15 gravures sur bois intercalées dans le texte. *Tours, Mame et fils*, 1872, 2 parties en 1 vol. gr. in-8, mar. r. fil. dos orné, dent. int. tête dor. non rog. (*Chambolle-Duru*).

Bel exemplaire sur papier de Chine. Tiré à 21 exemplaires sur ce papier.

67. **Gautier** (Th.). Les Jeunes France, romans goguenards par Théophile Gautier. *Paris, Eug. Renduel*, 1833, in-8, front. gr. à l'eau-forte par C. Nanteuil, mar. r. jans. dent. int. tr. dor. (*Thibaron.*)

Édition originale. Bel exemplaire.

68. **Genoude.** Leçons et modèles de littérature sacrée, par M. de Genoude. *Paris, J. L'Henry et Cie*, 1837, in-4, demi-rel. dos et coins mar. vert. fil. dos orné, éb. (*Capé.*)

Un des trois exemplaires sur PAPIER DE CHINE.

69. **Gœthe.** Les Souffrances du jeune Werther, par Gœthe, traduites par le comte Henri de La B....... (Bédoyère), seconde édition. *A Paris, de l'imprimerie de Crapelet*, 1845, in-8, portr. et fig. demi-rel. dos et coins de mar. La Val. tête dor. éb.

Exemplaire sur papier de Hollande, figures de Tony Johannot.

70. **Goldsmith.** The Vicar of Wakefield. by Dr. Goldsmith. *London, Thomas Tegg*, 1825, in-12, vignettes en tête des chapitres, mar. r. fil. dos orné, tr. dor.

Jolie édition.

71. **Goncourt** (Ed. et J. de). Sophie Arnould d'après sa correspondance et ses mémoires inédits. *Paris, Dentu,* 1877, in-4, portr. gravé à l'eau-forte par Flameng, et texte avec encadr. dessiné par Meaulle et gravé par Popelin, br.

Exemplaire sur papier de Chine.

72. **Hefner-Alteneck** (de). Serrurerie, ou les Ouvrages en fer forgé du moyen âge et de la renaissance, par J.-H. de Hefner-Alteneck. 84 planches gravées en taille-douce. Édition française publiée par M. Edwin Tross, texte traduit par M. Daniel Ramée. *Paris, Tross,* 1869-1870, 3 parties en 1 vol. gr. in-4, pap. Whatman, titre rouge et noir, lettres ornées, texte encadré, mar. br. fil. dos orné, dent. int. tr. dor. (*Hardy.*)

Bel exemplaire aux armes de M. André Masséna, prince d'Essling.

73. **Hitopadésa**, ou l'Instruction utile. Recueil d'apologues et de contes. Traduit du sanscrit avec des notes historiques et littéraires, et un appendice contenant l'indication des sources et des imitations, par M. Edouard Lancereau. *A Paris, chez P. Jeannet,* 1855, in-16, mar. citr. dent. int. tête dor. non rog. (*Chambolle-Duru.*)

Exemplaire sur papier de Chine.

74. **Holbein**. La Danse des Morts dessinée par Hans Holbein, gravée sur pierre par Joseph Schlotthauer, expliquée par Hippolyte Fortoul. *Paris, J. Labitte, s. d.* pet. in-4, fig. demi-rel. mar. vert, tête dor. éb. (*Lortic.*)

75. **Hugo** (Victor). Les Rayons et les Ombres, par Victor Hugo. *Paris, Delloye,* 1840, in-8, mar. bl. dent. int. tr. dor. (*Thibaron.*)

Édition originale. Bel exemplaire, relié sur brochure.

76. **L'Imitation de Jésus-Christ**, traduction nouvelle avec des réflexions à la fin de chaque chapitre, par l'abbé F. de Lamennais. *Tours, Alfred Mame et fils,* 1867, gr. in-8, front. par Ludy, br.

Exemplaire sur papier de Chine. Tiré à 10 exemplaires sur ce papier.

77. **Jacquemart** (Alb.). Histoire du Mobilier, recherches et notes sur les objets d'art qui peuvent composer l'ameublement et les collections de l'homme du monde et du curieux, par Albert Jacquemart, avec une notice sur l'auteur par M. H. Barbet de Jouy, ouvrage contenant plus de 200 eaux-fortes typographiques, procédé Gillot, par Jules Jacquemart. *Paris, Hachette et Cⁱᵉ,* 1876, gr. in-8 br.

Exemplaire sur papier de Chine.

78. **Janin** (J.). Le Livre, par Jules Janin. *Paris, Henri Plon,* 1870, in-8 *en feuilles,* dans un étui.

   Exemplaire unique sur PEAU DE VÉLIN.

79. **Jeux d'esprit** (les), ou la Promenade de la princesse de Conti à Eu, par Mme de La Force; publiés pour la première fois, avec une introduction, par M. le marquis de La Grange. *Paris, Aug. Aubry,* 1862, in-12. mar. r. fil. dos orné, dent. int. non rog. (*Capé.*)

   Exemplaire sur PEAU DE VÉLIN.

80. **La Journée des Madrigaux**, suivie de la Gazette de Tendre (avec la carte de Tendre) et du Carnaval des Précieuses. Introductions et notes, par Emile Colombey. *Paris, Aug. Aubry,* 1856, in-12, mar. r. fil. dos orné, dent. int. éb. (*Capé.*)

   Un des deux exemplaires imprimés sur PEAU DE VÉLIN.

81. **Jullien** (Adolphe). Histoire du costume au théâtre, depuis les origines du théâtre en France jusqu'à nos jours, Ouvrage orné de 27 gravures et dessins originaux tirés des Archives de l'Opéra et reproduits en fac-similé. *Paris, Charpentier,* 1880, gr. in-8, br.

   Exemplaire sur papier de Chine.

82. **Labé**. OEuvres de Louise Labé Lyonnoise (publ. par F.-Z. Collombet). *Lyon, chez Savy (imprimerie de L. Boitel),* 1845, in-12, pap. vélin, mar. br. fil. dos orné. dent. int. tr. dor. (*Trautz-Bauzonnet.*)

83. **Labouisse** (de). Les Amours, à Éléonore, recueil d'élégies, divisé en trois livres, orné de six gravures, troisième édition, revue, corrigée, augmentée, par M. de Labouïsse. *Paris, imprimerie de P. Didot l'aîné,* 1818, in-16, pap. vél. portr. et fig. mar. rouge, fil. dos orné, tête dor. éb.

84. **La Bruyère**. Les Caractères de La Bruyère suivis des Caractères de Théophraste, traduits du grec par le même. *Paris, Lefèvre,* 1824, 2 vol. in-8 jésus, portr. demi-mar. r. non rog. (*Vogel.*)

   Bel exemplaire sur grand papier jésus vélin.

85. **La Bruyère**. Les Caractères ou les Mœurs de ce siècle, précédés des Caractères de Théophraste traduits du grec par La Bruyère, texte revu sur la neuvième édition originale de 1696, avec une notice et des notes par Ch. Asselineau. *Paris, Alph. Lemerre,* 1872, 2 vol. in-8, portr. demi-rel. dos et coins de mar. r. tête dor. éb. (*David.*)

86. **La Bruyère**. Les Caractères de La Bruyère, réimpression de l'édition de 1696, précédée d'une introduction, par Louis Lacour, et publiée par les soins de D. Jouaust. *Paris, Librairie des bibliophiles*, 1873, 2 vol. in-8, portr. mar. r. fil. dos orné, dent. int. tr. dor. (*Smeers.*)

Bel exemplaire sur papier Whatman.

87. **La Ferrière-Percy** (comte de). Marguerite d'Angoulême (sœur de François Ier). Son livre de dépenses (1540-1549). Étude sur ses dernières années, par le comte H. de La Ferrière-Percy. *Paris, chez Aug. Aubry*, 1872 (*imprimerie de D. Jouaust*), in-12, mar. r. jans. dent. int. éb. (*Chambolle-Duru.*)

Exemplaire sur PEAU de VÉLIN.

88. **La Fontaine.** Fables de La Fontaine. A *Paris, imprimerie de P. Didot l'ainé, An X — 1802*. 2 tomes en 1 vol. gr. in-fol. pap. vélin, demi-rel. dos et coins de mar. r. tête dor. éb.

Cette belle édition ornée de 12 jolies vignettes dessinées par Percier, gravées par Massard, n'a été tirée qu'à 250 exemplaires.

89. **La Fontaine**. Fables de La Fontaine, notices par M. Poujoulat, cinquante gravures et un portrait à l'eau-forte par V. Foulquier. *Tours, Alfred Mame et fils*, 1875, gr. in-8, mar. r. fil. dos orné, dent. int. tr. dor. (*Chambolle-Duru.*)

Bel exemplaire sur papier de Chine. Tiré à 21 exemplaires sur ce papier.

90. **La Grande Danse Macabre**. Chorea ab Eximio Macabro versibus alemanicis edita. Fac-similé de l'édition latine de 1490 exécuté par Adam Pilinski. *Paris, Tross* (*imprimerie de D. Jouaust*), 1868, in-4, fig. mar. r. fil. dos orné, dent. int. éb. (*Chambolle-Duru.*)

Bel exemplaire sur PEAU DE VÉLIN.

91. **La Grange** (Charles Varlet de) et son registre. *Paris, imprimerie de Jules Claye*, 1876, gr. in-8, portr. gravé à l'eau-forte par F. Hillemacher, mar. r. fil. dos orné, dent. int. tr. dor. (*Chambolle-Duru.*)

Bel exemplaire sur papier de Chine.

92. **La Motte** (de). Œuvres choisies de Houdart de Lamotte. *Paris, de l'imprimerie et de la fonderie de P. Didot l'ainé*, 1811, 2 tomes en 1 vol. in-12, demi-rel. veau bl. non rog.

Exemplaire sur PEAU DE VÉLIN.

93. Langlois. Essai historique, philosophique et pittoresque
sur les Danses des morts, par E.-H. Langlois, accompagné
de 54 planches et de nombreuses vignettes, dessinées et
gravées par E.-H. Langlois, Mme Espérance Langlois,
MM. Brevière et Tudot; suivi d'une lettre de C. Leber et
d'une note de Depping sur le même sujet, ouvrage com-
plété et publié par MM. A. Pottier et Alf. Baudry. *Rouen,
Lebrument*, 1852, 2 tomes en 1 vol. in-8, papier vélin, fig.
mar. noir, fers à froid, dent. int. tête dor. non rog. (*Capé.*)

94. La Rue (de). Essais historiques sur les bardes, les jon-
gleurs et les trouvères normands et anglo-normands, suivis de pièces de Malherbe, qu'on ne trouve dans aucune
édition de ses œuvres; par M. l'abbé de La Rue. *A Caen, chez
Mancel*, 1834, 3 vol. gr. in-8, demi-rel. dos et coins mar.
vert, tête dor. non rog. (*David.*)

> Exemplaire sur grand papier de Hollande.

95. Lecoy de La Marche. Saint-Martin, par A. Lecoy de
La Marche, orné de 6 chromolithographies, d'après les
aquarelles de MM. Olivier Merson, Dambourgez et Tous-
saint; 24 grandes gravures hors texte, d'après les compositions originales de MM. J. Blanc, J.-E. Lafon et O. Merson,
et d'après les dessins de M. Bocourt, Mlle Dupuy. Ed. Garnier et autres, etc., 3 fac-similés et environ 140 gravures dans
le texte reproduisant les principaux monuments consacrés
au souvenir de Saint-Martin. *Tours, Alfred Mame et fils*,
1881. gr. in-8. mar. bleu. fil. dos orné, dent. int. tr. dor.
(*David.*)

> Bel exemplaire sur papier de Chine. Tiré à 21 exemplaires sur ce
> papier.

96. Lemierre. Œuvres choisies de Lemierre. *Paris, imprimerie de P. Didot l'aîné*, 1811. 2 vol. gr. in-18. vélin vert,
non rog.

> Un des deux exemplaires imprimés sur PEAU DE VELIN.

97. Le Sage. Le Diable boiteux, par Le Sage. *Paris, D. Jouaust*, 1868, in-8, mar. r. fil. dos orné, dent. int. tr. dor.
(*Chambolle-Duru.*)

> Exemplaire sur papier de Chine.

98. Lettres de Henri VIII à Anne Boleyn, avec la traduction;
précédées d'une notice historique sur Anne Boleyn (par
G.-A. Crapelet). *A Paris, de l'imprimerie de Crapelet, s. d.*
(1826). — Lettre de M. G. Peignot A. M. C. N. Amanton à
Dijon, sur l'ouvrage intitulé : Lettres de Henri VIII à Anne

Boleyn. Publiée par M. Crapelet. *S. l. n. d. (Paris, imprimerie Crapelet)*, gr. in-8, fig. demi-rel. dos et coins maroq.
ol. éb. (*Purgold.*)

Exemplaire unique et qui porte sur la garde la note suivante de Crapelet : « Unique exemplaire avec les vers au Roi, double version et le
portrait d'Anne Boleyn avec le cartouche de la couronne sur un billot,
enveloppé d'un voile et la hache à côté; j'y ai fait substituer une couronne dans un nuage.

99. **Lettre** en vers sur les mariages de Mlle de Rohan avec
M. de Chabot; de Mlle de Rambouillet avec N. de Montausier
et de Mlle de Brissac avec Sabatier, 1645. *Paris, Aug. Aubry, 1862*, in-12, mar. r. jans. dent. int. éb. (*Chambolle-
Duru.*)

Bel exemplaire imprimé sur PEAU DE VÉLIN.

100. **Lettres** inédites du roi Henri IV à monsieur de Sillery,
ambassadeur à Rome, du 1er avril au 27 juin 1600. *Paris,
Aug. Aubry (imprimerie Jouaust)*, 1866, in-8, mar. r. jans.
dent. int. éb. (*Chambolle-Duru.*)

Bel exemplaire sur PEAU DE VÉLIN.

101. **Livre d'amour** ou Folastreries du vieux temps. *Paris,
Louis Janet (de l'imprimerie de F. Didot)*, s. d., in-16, papier
vélin, front. et figures en couleur, cart. de l'éditeur, tr. dor.

102. **Livre** du chevalier de La Tour-Landry (le). Pour l'en-
seignement de ses filles. Publié d'après les manuscrits de
Paris et de Londres, par M. Anatole de Montaiglon. *A Paris,
chez P. Jannet*, 1854, in-16, mar. orange, fil. dos orné, dent.
int. tr. dor. (*Chambolle-Duru.*)

Exemplaire sur papier de Chine. De la collection de la Bibliothèque
elzévirienne.

103. **Longus.** Les Pastorales de Longus, Daphnis et Chloé,
traduction d'Amyot complétée par P.-L. Courier, 43 compositions au trait par Léopold Burthe, préface par Amaury
Duval. *Paris, J. Hetzel*, 1863, in-fol. dos et coins de mar.
r. tête dor. éb. (*David.*)

104. **Longus.** Les Pastorales de Longus, ou Daphnis et Chloé,
traduction de Jacques Amyot revue par P.-L. Courier,
introduction par Henry Houssaye. Figures de Prudhon et
vignettes d'Eisen. *Paris, librairie à estampes*, in-4, pap.
vél. demi-rel. dos et coins mar. La Val. fil. tête dor. éb.
couv. impr.

105. **Longus.** Daphnis et Chloé, traduction d'Amyot; compositions d'Emile Lévy, gravées à l'eau-forte par Flameng:

dessins de Giacomelli, gravés sur bois par Rouget et Sargent. *Paris, Librairie des bibliophiles,* 1872, in-12, *en feuilles,* dans un étui mar. r.

Exemplaire sur PEAU DE VÉLIN.

106. Malherbe. Œuvres choisies de Malherbe avec des notes de tous les commentateurs ; édition par L. Parrelle. *Paris. Lefèvre,* 1825, 2 vol. gr. in-8, portr. sur chine, dos et coins de mar. vert, fil. non rog.

Exemplaire sur grand papier jésus vélin, de la *Collection des classiques français.*

107. Marot. Poème inédit de Iehan Marot, publié d'après un manuscrit de la Bibliothèque nationale, avec une introduction et des notes, par Georges Guiffrey. *Paris, Vve J. Renouard,* 1860 *(imprimerie de Louis Perrin, à Lyon).* in-8, fig. mar. La Val. jans. dent. int. éb.

Papier vergé teinté.

108. Marguerite d'Angoulême (sœur de François Ier). Son livre de dépenses (1540-1549). Étude sur ses dernières années, par le Cte H. de La Ferrière-Percy. *Paris, Aug. Aubry,* 1862 *(imprimerie de Ch. Jouaust),* in-12, mar. La Val. fil. dos encadré, armes sur les plats, tr. dor. *(Chambolle-Duru.)*

109. Marolles (Michel de). Le Livre des peintres et graveurs, par Michel de Marolles, abbé de Villeloin, nouvelle édition revue par M. Georges Duplessis. *Paris, P. Jannel,* 1855, in-16, cart. Bradel.

Exemplaire sur papier de Chine de la collection de la Bibliothèque elzévirienne.

110. Martial. Les Épigrammes de Martial, traduites en vers français par Constant Dubos, précédées d'un Essai sur la vie et les ouvrages de Martial, par M. Jules Janin. *Paris, J. Chapelle et Cie,* 1841, in-8, chagr. bleu, six fil. dos orné, tr. dor. *(Lardière.)*

Exemplaire sur *papier de Chine,* provenant de la bibliothèque de Jules Janin, avec son *ex libris.*

111. Mélanges de littérature et d'histoire, recueillis et publiés par la Société des bibliophiles françois. *Paris, de l'imprimerie de Crapelet,* 1850-1867, 3 vol. in-12, demi-rel. mar. La Val. tête dor. éb. *(Petit.)*

112. Mémoires de Marguerite de Valois, suivis des anecdotes inédites de l'histoire de France pendant les XVIe et XVIIe siècles, tirées de la bouche de M. le garde des sceaux

du Vair et autres. Publiés avec notes par Ludovic Lalanne.
Paris, P. Janet, 1858, in-16, demi-rel. dos et coins de mar.
vert, fil. dos orné, éb. (*Simier.*)

De la collection de la Bibliothèque elzévirienne.

113. **Mirouer** (le) et exemple moralle des enfans ingratz,
pour lesqlzs les pères et mères se détruisent pour les aug-
mēter qui en la fin les descongnoissent (moralité à 18 per-
sonnages). *Aix, Pontier*, 1836, pet. in-8, de 179 pp. avec
. 16 vignettes en bois, mar. La Val. fil. dos orné, dent. int. tr.
dor. (*Niedrée.*)

Réimpression faite d'après l'exemplaire des ducs de La Vallière, qui
est aujourd'hui à la bibliothèque publique d'Aix.
Cet opuscule n'a été tiré qu'à 66 exemplaires. Les gravures ont
été détruites après le tirage.

114. **Mofras** (de). La Russie épique, Bibliographie corné-
lienne, Études littéraires par De Mofras. *S. l.*, 1876, gr.
in-8, portr. demi-rel. parchemin, non rog.

Extrait du Mémorial diplomatique. Tirage à part à très petit nombre,
non mis dans le commerce.

115. **Molière.** Théâtre choisi de Molière avec une notice par
M. Poujoulat, et 50 eaux-fortes par V. Foulquier *Tours,
Alfred Mame et fils*, 1878-79, 2 vol. gr. in-8, br.

Exemplaire sur papier de Chine. Tiré à 21 exemplaires sur ce
papier.

116. **Monographie** de l'œuvre de Bernard Palissy, suivie
d'un choix de ses continuateurs ou imitateurs, dessinée
par MM. Carle Delange et C. Borneman, et accompagnée
d'un texte par M. Sauzay et Henri Delange. *Paris, Delange*,
1863, gr. in-fol. avec 100 pl. en couleur, demi-rel. dos et
coins de chag. r. tête dor. non rog.

Ouvrage tiré à 300 exemplaires seulement. rare.

117. **Montalembert.** Sainte-Elisabeth de Hongrie par le
comte de Montalembert, avec une préface par Léon Gautier,
ornée de 8 chromolithographies, de 28 grandes gravures
hors texte : d'après Rocourt, Busnel, Garnier et autres,
et environ 130 dessins dans le texte, par Mlle Dupuy,
Fichot, etc. *Tours, Alfred Mame et fils*, 1878, gr. in-8, mar.
bleu, fil. dos orné, dent. int. tr. dor. (*David.*)

118. **Monteil** (A.). Promenades dans la Touraine, par Alexis
Monteil (avec un avant-propos par M. J. Taschereau).
Tours, Alfred Mame et Cie, 1861, in-12, tiré in-8, mar.r. fil.
dos orné, dent. int. non rog. (*Capé.*)

Bel exemplaire sur PEAU DE VÉLIN ; de la Bibliothèque de M. J. Taschereau. Publication de la Société des bibliophiles de Touraine.

119. Montesquieu. Lettres persanes, par Montesquieu. Edition Louis Lacour, imprimée par D. Jouaust. *Paris, Académie des bibliophiles*, 1869, in-8, *en feuilles* dans un étui mar. r.

Exemplaire imprimé sur PEAU DE VÉLIN.

120. Nodier (Ch.). Le Peintre de Saltzbourg, journal des émotions d'un cœur souffrant; par Ch. Nodier, auteur des Proscrits. *A Paris, chez Maradan, an XI*, 1803, in-12, fig. mar. r. fil. dos orné, dent. int. éb. (*Chambolle-Duru.*)

121. Nodier (Ch.). Bonaventure Despériers, Cirano de Bergerac, par M. Ch. Nodier. *Paris, J. Techener*, 1841, pet. in-8, demi-rel. mar. r. tête dor. non rog. (*Belz-Niédrée.*)

Papier de Hollande.

122. Noels Noulveaux sur le chant de plusieurs belles chansons nouvelles de cette présente année mil cinq cens L. IIII. *Sur l'imprimé, au Mans*, 1555, *par Denys Gaignot. Paris, Techener, imprimé au Mans, chez Belon*, 1832, petit in-8 de 48 pp. mar. bl. fil. dos orné, dent. int. tr. dor. (*Bauzonnet.*)

Réimpression à 29 exemplaires numérotés à la presse.

123. Nogaret. Le Fond du sac, ou Recueil de contes en vers et en prose et de pièces fugitives (par Félix Nogaret). *Paris, Leclère*, 1866, in-8, front. et vignettes, demi-rel. mar. r. tête dor. non rog.

Exemplaire sur papier de Hollande.

124. Nogaret. Le Fond du sac, ou Recueil de contes en vers et en prose et de pièces fugitives (par Félix Nogaret). *Paris, Leclère (imprimerie de Louis Perrin)*, 1866, in-8, front. et vignettes, mar. r. fil. dos orné, dent. int. tr. dor. (*Chambolle-Duru.*)

Exemplaire sur papier de Chine, avec les eaux-fortes.

125. Notice sur madame la vicomtesse de Noailles (par Mᵐᵉ Standish, née Noailles). *Paris, typographie de Ch. Lahure*, 1855, in-8, gr. pap. cart. Bradel, tête jasp. non rog.

Ouvrage rare, tiré à petit nombre pour les amis de la famille.

126. Œuvres complètes du roi René, avec une biographie et des notices par M. le comte de Quatrebarbes, et un grand nombre de dessins et ornements, d'après les tableaux et manuscrits originaux, par M. Hawke. *Angers, imprimerie de Cosnier et Lachèse*, 1845, 4 vol. gr. in-4, br.

127. Ordre du Saint-Esprit (l') aux xviiiᵉ et xixᵉ siècles.

Notes historiques et biographiques sur les membres de cet
ordre, depuis Louis XV jusqu'à Charles X, 1715-1830. Précédé d'un précis historique, par Félix Panhard. *Paris,
J.-B. Dumoulin,* 1868, in-8, fig. broché, n. c.

Papier vergé de Hollande, tiré à 150 exemplaires.

128. **Pascal.** Pensées de Pascal, publiées d'après le texte
authentique et le seul vrai plan de l'auteur, avec des notes
philosophiques et théologiques et une notice biographique,
par Victor Rocher, chanoine d'Orléans. *Tours, Alfred Mame
et fils,* 1873, gr. in-8, portr. mar. r. fil. dos orné, dent. int.
tr. dor. dans un étui. (*Chambolle-Duru.*)

Bel exemplaire sur papier de Chine. Tiré à 21 exemplaires sur ce
papier.

129. **Passerat.** Le Chien courant, poëme de Jean Passerat,
suivi de quelques poésies du même auteur et précédé d'une
introduction, par Henri Chevreul. *Paris, Aug. Aubry,* 1864,
pet. in-8, mar. vert, fil. dos orné, dent. int. éb. (*Capé.*)

Bel exemplaire imprimé sur PEAU DE VÉLIN.

130. **La Patenostre** ‖ des Verollez. Avec leur complaincte
contre les me ‖ decins. *S. l. n. d.,* pet. in-4 goth. de 3 ff.,
mar. r. jans. non rog. (*Chambolle-Duru.*)

Exemplaire unique sur PEAU DE VÉLIN. Réimpression faite en 1847,
par les soins de M. Veinant, pour la collection Silvestre, et tirée seulement à 57 exemplaires. Le seul exemplaire connu de l'original
appartient au baron de Ruble.

131. **Peignot** (G.). Mémorial religieux et biblique, ou Choix
de pensées sur la religion et sur l'Ecriture sainte, par
G. P. (Gabriel Peignot). *Dijon, Lagier,* 1824, in-18, mar.
br. jans. dent. int. tr. dor. (*Canape.*)

132. **Pellassy** (J.). Histoire du palais de Compiègne, chroniques du séjour des souverains dans ce palais, écrite
d'après les ordres de l'Empereur, par J. Pellassy de L'Ousle,
bibliothécaire du palais de Compiègne. *Paris, Imprimerie
impériale,* 1862, gr. in-4, planches et nomb. fig. dans le
texte, demi-rel. dos et coins de mar. r. tête dor. non rog.
(*Bertrand.*)

133. **Perrault.** La Chasse, poème par Charles Perrault, de
l'Académie françoise. *Paris, Aug. Aubry,* 1862, in-8, de
3 ff. prél. 30 pp. et 1 f. pour l'Achevé d'imprimer, mar. bl.
fil. dos orné, dent. int. tr. dor. (*Chambolle-Duru.*)

Exemplaire imprimé sur PEAU DE VÉLIN.

134. Perrault. Les Contes des fées, en prose et en vers, par Charles Perrault ; deuxième édition, revue et corrigée sur les éditions originales et précédée d'une lettre critique par Ch. Giraud. *Lyon, imprimerie Louis Perrin*, 1865, in-8, portr. et figures, mar. r. riche dor. sur les pl. dos orné, dent. int. tr. dor. (*Smeers.*)

> Très bel exemplaire.

135. Plaute. Titi Macci Plavti Cistellariam recensvit variorvmque notis illvstravit L. E. Benoist. *Lugduni, Ludovicus Perrin excudebat*, 1863, in-8, fig. mar. r. jans. dent. int. éb. (*Chambolle-Duru.*)

> Bel exemplaire imprimé sur PEAU DE VÉLIN.

136. Poésies d'Anne de Rohan-Soubise et lettres d'Eléonore de Rohan-Montbazon, abbesse de Caen et de Malnoue, à divers membres de la société précieuse, publiées pour la première fois avec notes et introduction. *Paris, Aug. Aubry*, 1862, in-12, mar. r. fil. dos orné, dent. int. tr. dor. (*Chambolle-Duru.*)

> Exemplaire sur PEAU DE VÉLIN.

137. Popelin. L'Email des peintres, par Claudius Popelin. *Paris, A. Lévy*, 1866 (*imprimerie de J. Claye*), gr. in-8, demi-rel. parch. non rog.

> Exemplaire sur PEAU DE VÉLIN.

138. Prévost. Manon Lescaut, par l'abbé Prevost. *Paris, chez D. Jouaust*, 1867, in-8, mar. r. fil. dos orné, dent. int. tr. dor. (*Chambolle-Duru.*)

> Exemplaire sur papier Whatman. De la collection des Romans classiques du XVIIIe siècle, publiés par G. d'Heilli et F. Steenackers.

139. Rabelais. Œuvres de Rabelais, collationnées pour la première fois sur les éditions originales, accompagnées de notes nouvelles et ramenées à une orthographe qui facilite la lecture, par MM. Burgaud Des Marets et Rathery. *Paris, Firmin-Didot frères*, 1857, 2 vol. in-12 (portr. de Rabelais sur chine) v. f. fil. à comp. dent. int. tr. dor. (*Petit.*)

> Bel exemplaire sur papier jonquille ; provenant de la bibliothèque de M. J. Janin, avec son *ex libris*.
> Don de l'un des éditeurs, M. Burgaud Des Marets, qui a écrit, en tête des deux volumes, des pièces de vers en vieux français et en latin macaronique, adressées à M. J. Janin, et qui a joint au premier une grande planche coloriée, imprimée à Epinal, représentant Gargantua à table.
> Sur la garde du premier volume, M. J. Janin a mis sa signature, avec cette date : « L'an IV de l'exil de Victor Hugo » ; puis quatre vers de Baïf sur Rabelais.

140. **Rabelais**. Les Quatre Livres de Maistre François Rabelais, suivis du manuscrit du cinquième Livre, publiés par les soins de MM. A. de Montaiglon et Louis Lacour, impression par D. Jouaust. *Paris, Académie des bibliophiles*, 1868, 3 vol. in-8, en feuilles, dans des cartons.

Exemplaire sur PEAU DE VÉLIN.

141. **Rabelais**. Les Quatre Livres de Maistre François Rabelais, suivis du manuscrit du cinquième livre, publiés par les soins de MM. A. de Montaiglon et Louis Lacour, impression par D. Jouaust. *Paris, Académie des bibliophiles*, 1868, 3 vol. in-8, br.

Un des 30 exemplaires sur papier Whatman.

142. **Racine**. Théâtre de Racine, Andromaque, les Plaideurs, Britannicus, Bérénice, Bajazet, Mithridate, Iphigénie, Phèdre, Esther, Athalie, 47 sujets et un portrait gravés à l'eau-forte par V. Foulquier, compositions de Barrias et V. Foulquier. *Tours, Alfred Mame et fils*, 1876-77, 2 vol. gr. in-8, mar. r. fil. dos orné, dent. int. tr. dor. (*Chambolle-Duru.*)

Bel exemplaire sur papier de Chine. Tiré à 21 exemplaires sur ce papier.

143. **Recherches** sur la vie et les œuvres du P. Claude-François Menestrier, de la compagnie de Jésus; suivies d'un recueil de lettres inédites de ce Père à Guichenon, et de quelques autres lettres de divers savants de son temps, inédites aussi. *Lyon, N. Scheuring (imprimerie de L. Perrin)*, 1856, gr. in-8, portr. mar. r. fil. dos orné, dent. int. tr. dor. (*Hardy.*)

Bel exemplaire sur papier vergé teinté, tiré à petit nombre.

144. **Recherches** sur le commerce, la fabrication et l'usage des étoffes de soie, d'or et d'argent et autres tissus précieux en Occident, principalement en France pendant le moyen âge, par Francisque-Michel. *Paris, de l'imprimerie de Crapelet*, 1852-54, 2 vol. in-4, mar. bl. jans. dent. int. tr. dor. (*Petit-Simier.*)

Bel exemplaire de cet intéressant ouvrage, tiré à 250 exemplaires seulement.

145. **Recueil** complet des chansons de Collé. Nouvelle édition, revue et corrigée. *Hambourg et Paris*, 1864, in-12, mar. r. fil. dos orné, dent. int. tr. dor. (*Capé-Masson-Debonnelle.*)

Un des deux exemplaires imprimés sur PEAU DE VÉLIN.

146. **Recueil** de poésies françoises des xve et xvie siècles, morales, facétieuses, historiques, réunies et annotées par

M. Anatole de Montaiglon. *Paris, P. Jannet*, 1855-58, 10 vol.
in-16, mar. r. fil. dos orné, dent. int. tr. dor.

De la collection de la Bibliothèque elzévirienne.

147. Régnier. Œuvres de Régnier, édition Louis Lacour,
imprimée par D. Jouaust. *Paris, Académie des bibliophiles,*
1867, in-8, en feuilles dans un étui en mar. r.

Un des deux exemplaires sur PEAU DE VÉLIN.

148. Régnier, sociétaire de la Comédie-Française (1831-1872),
par Georges d'Heilly. Portrait à l'eau-forte par Martial.
Paris, Librairie générale, 1872, in-12, portr. mar. r. fil. dos
orné, dent. int. tr. dor. (*Chambolle-Duru.*)

Papier de Chine, tiré à 20 exemplaires.

149. Relation de l'Isle de Bornéo (par Fontenelle), avec des
additions et la clef. *En Europe (Paris, Didot l'aîné)*, 1807,
in-12 de 48 pp. pap. vélin, portr. gravé par Saint-Aubin
d'après le buste fait par Le Moyne, cart. n. r.

150. Rémard. La Chézonomie, ou l'Art de ch... poëme didac-
tique, en quatre chants, par Ch. R*** (Rémard). *A Scôro-
polis, et à Paris, chez Merlin*, 1806 ; in-12, mar. r. fil. dos
orné, dent. int. éb. (*Chambolle-Duru.*)

151. Renouvier (J.). Des gravures en bois dans les livres
d'Anthoine Vérard, maître libraire, imprimeur, enlumineur
et tailleur sur bois, de Paris, 1485-1512, par J. Renouvier.
Paris, Aug. Aubry, 1859 (*imprimerie de Louis Perrin*), in-8,
figures, mar. r. jans. dent. int. éb. (*Chambolle-Duru.*)

Bel exemplaire imprimé sur PEAU DE VÉLIN.

152. Renouvier (J.). Iehan de Paris, varlet de chambre et
peintre ordinaire des rois Charles VIII et Louis XII, par
J. Renouvier. Précédé d'une notice biographique sur la vie
et les ouvrages et de la bibliographie complète des œuvres
de M. Renouvier par G. Duplessis. *Paris, Aug. Aubry*, 1861
(*imprimerie de Louis Perrin*), in-8, portr. mar. r. fil. dos
orné, dent. int. tête dor. éb. (*Chambolle-Duru.*)

Bel exemplaire imprimé sur PEAU DE VÉLIN.

153. Renouvier (J.). Des gravures sur bois dans les livres
de Simon Vostre, libraire d'heures, par J. Renouvier, avec
avant-propos par G. Duplessis. *Paris, Aug. Aubry*, 1862,
(*imprimerie de Louis Perrin*), in-8, fig. mar. r. jans. dent. int.
éb. (*Chambolle-Duru.*)

Bel exemplaire imprimé sur PEAU DE VÉLIN.

154. Renouvier (Jules). Des portraits d'auteurs dans les livres du xve siècle, par Jules Renouvier, avec un avant-propos par Georges Duplessis. *Paris, Aug. Aubry*, 1863 (*imprimerie de Louis Perrin*), in-8, mar. r. jans. dent. int. éb. (*Chambolle-Duru.*)

Bel exemplaire imprimé sur PEAU DE VÉLIN.

155. **Revue** rétrospective ou Archives secrètes du dernier gouvernement (1830-1848). *Paris, Paulin*, 1848, gr. in-8, demi-chag. violet.

Exemplaire bien complet des 33 numéros parus de cette Revue, auquel on a ajouté : Procès des lettres attribuées par le journal *la France* au roi Louis-Philippe, et fac-similé d'une lettre autographe de l'ex-roi Louis-Philippe à l'ex-reine.

156. **Roger de Collerye**. Œuvres de Roger de Collerye, nouvelle édition avec une préface et des notes, par M. Charles d'Héricault. *Paris, chez P. Jannet*, 1855, in-16, pap. vergé, mar. r. fil. dos orné, dent. int. tr. dor.

De la collection de la Bibliothèque elzévirienne.

157. **Le Roman de la Rose**, par Guillaume de Lorris et Jean de Meung, dit Clopinel. Édition faite sur celle de Lenglet-Dufresnoy, corrigée avec soin et enrichie de la dissertation sur les auteurs de l'ouvrage, de l'analyse, des variantes et du glossaire publiés en 1737, par Lantin de Damerey. *Paris, Fournier et fils, An VII* (*imprimerie de Didot jeune*), 5 vol. gr. in-8, portr. et fig. dos et coins de mar. r. tête dor. non rog. (*Lhuinte.*)

Exemplaire sur grand papier vélin avec les figures AVANT LA LETTRE.

158. **Rousseau**. La Botanique de J.-J. Rousseau. *Paris, Baudouin frères*, 1822, gr. in-4, demi-rel. dos orné, tête dor. non rog. (*Capé.*)

Beau recueil de planches coloriées avec soin, précédées d'un texte explicatif.
On a ajouté à cet exemplaire : le portrait de J.-J. Rousseau gravé par Langlois, *épreuves d'artiste avant toute lettre, avec la tablette en premier état*. — Le portrait par Devosge. — Un portrait en pied de J.-J. Rousseau herborisant, *fac-similé d'un dessin à l'aquarelle*. — Seize dessins originaux bien exécutés à l'aquarelle, de fleurs et de fruits, par divers artistes.

159. **Sainte-Beuve**. Le comte de Clermont et sa cour, étude historique et critique par C.-A. Sainte-Beuve. *Paris, Académie des bibliophiles*, 1868, in-12, demi-rel. dos et coins cuir de Russie, tête dor. éb. (*Petit.*)

160. **Sainte-Rose** (de). Philippe II, tragédie en cinq actes et en vers, par M. Sainte-Rose. *Paris, imprimerie de Napo-*

léon Chaix et Cie, 1856, in-4, chag. pl. r. fil. ornem. dos orné, dent. int. gardes en soie, tr. dor. (*Aux armes du Roi des Belges.*)

Exemplaire sur papier vélin. Tirage du texte en *bleu* avec encadrements *rouges.*

161. **Senecé.** OEuvres choisies de Sénecé, nouvelle édition publiée par MM. Émile Chasles et P. A. Cap, précédée d'une monographie de la famille Baudron de Senescey par M. Émile Chasles. *Paris, P. Jannet,* 1855, in-16, mar. r. fil. dos orné, dent. int. tr. dor.

162. **Sévigné.** Lettres choisies de madame de Sévigné extraites de l'édition des grands écrivains de la France et publiées sous la direction de M. Adolphe Régnier. Ouvrage contenant huit portraits gravés sur acier d'après les dessins d'Aug. Sandoz, neuf gravures sur bois représentant divers lieux mentionnés dans les lettres, trois fac-similés d'écriture et une planche d'armoiries, tirée en couleurs. *Paris, Hachette et Cie,* 1870, gr. in-8, mar. La Vall. dent. int. tr. dor. (*David.*)

Bel exemplaire sur papier de Chine.

163. **Sévigné.** Lettres choisies de madame de Sévigné, avec une notice par M. Poujoulat, avec eaux-fortes par V. Foulquier. *Tours, Alfred Mame et fils,* 1871, gr. in-8, mar. r. fil. dos orné, dent. int. tr. dor. (*Chambolle-Duru.*)

Bel exemplaire sur papier de Chine. Tiré à 21 exemplaires sur ce papier.

164. **Simonin.** Les Pierres, esquisses minéralogiques, par L. Simonin. Ouvrage illustré de 91 gravures sur bois, par Eugène Cicéri, E. Petol, A. Mesnel et E. Tournois, de 6 planches imprimées en chromolithographie d'après les aquarelles de A. Faguet, et de 15 cartes tirées en couleur. *Paris, Hachette et Cie* 1869, gr. in-8, dos et coins de mar. r. tête dor. non rog. (*David.*)

Exemplaire sur papier de Chine.

165. **Simple Bouquet** (par Auguste Génin, ingénieur civil, à Lyon). *Lyon, imprimerie de Louis Perrin,* 1858, in-8, mar. vert fil. dos orné, dent. int. tr. dor. (*Capé.*)

166. **Spon.** Recherches des antiquités et curiosités de la ville de Lyon, ancienne colonie des Romains et capitale de la Gaule celtique, par Jacob Spon, nouvelle édition augmentée des additions et corrections, écrites de la main de Spon, sur l'exemplaire de la Bibliothèque nationale, et d'une étude sur la vie et les ouvrages de cet antiquaire.

Lyon, imprimerie de Louis Perrin, 1857, in-8, portr., fac-similé et fig. mar. bl. larg. dent. à pet. fers. dos orné. dent. int. tr. dor. (*Lenègre.*)

167. **Surville** (C. de). Poésies de Marguerite-Éléonore-Clotilde de Vallon-Chalys, depuis Madame de Surville, poète français du XVe siècle, publiées par Ch. Vanderbourg. *Paris, imprimerie de F. Didot l'aîné, An XII-1804*, in-18, pap. vél. fig. en couleurs, mar. r. fil. dent. à fr. dos orné, tr. dor. (*Doll.*)

168. **Theatre Lyonnois** de Guignol. Publié pour la première fois, avec une introduction et des notes. *Lyon. N. Scheuring (imprimerie de Louis Perrin)*, 1865, in-8, front. et vign. grav. à l'eau-forte, mar. bleu, fil. dos orné, dent. int. tête dor. non rog. (*Chambolle-Duru.*)

Exemplaire sur PEAU DE VÉLIN.

169. **Thrésor** (le) des joyeuses inventions du Paragon des poésies, contenant épistres, balades, rondeaux, dizains, huictains, épitaphes et plusieurs lettres amoureuses fort récréatives. *A Paris, pour la vefve Jean Bonfons, s. d. (Bruxelles, imprimerie de A. Mertens et fils, 1864)*, petit in-12, mar. r. fil. dos orné, dent. int. tr. dor.

Exemplaire sur papier de Chine.

170. **Triumphe** (le) de haulte et puissante Dame Vérolle et le Pourpoint fermant à boutons. Nouvelle édition complète avec une préface et un glossaire, par M. Anatole de Montaiglon, et le fac-similé des bois du Triumphe par M. Adam Pilinski. *Paris, L. Willem*, 1874, in-8 en feuilles dans un carton.

Un des quatre exemplaires sur PARCHEMIN.

171. **Vertot.** Révolution de Portugal, par René-Aubert de Vertot. *Paris, Ant.-Aug. Renouard*, 1795, in-8, tiré in-4, *portrait sur chine*. — Histoire des révolutions de Suède, où l'on voit les changements qui sont arrivés dans ce royaume au sujet de la religion et du gouvernement, par René-Aubert de Vertot. *Paris, Ant.-Aug. Renouard*, 1795, 2 vol. in-8, tirés in-4, mar. bleu. fil. dos orné, tête dor. éb. (*Chambolle-Duru.*)

Un des deux exemplaires imprimés sur PEAU DE VÉLIN (l'autre est à la Bibliothèque nationale); il est orné du DESSIN ORIGINAL du portrait de Vertot. et de plusieurs épreuves de la gravure faite d'après ce dessin.

172. **Vertot.** Histoire des révolutions de Portugal, par Vertot. *Paris, P. Didot l'aîné et F. Didot*, 1806, in-12, mar.

rouge, fil. dos orné, dent. int. tr. dor. (*Trautz-Bauzonnet.*)

Un des deux exemplaires imprimés sur PEAU DE VÉLIN. De la bibliothèque d'Armand Bertin.

173. — Histoire des révolutions arrivées dans le gouvernement de la république romaine, par Vertot. *Paris, F. Didot l'aîné*, 1806, 4 vol. gr. in-18.—Histoire des révolutions de Suède, où l'on voit les changements qui sont arrivés dans ce royaume au sujet de la religion et du gouvernement, par Vertot. *Paris, P. Didot l'aîné*, 1806, 2 vol. gr. in-18. Ensemble 6 vol. gr. in-18, rel. en vélin vert, non rog. dans des étuis.

Un des deux exemplaires imprimés sur PEAU DE VÉLIN.

174. **Vétault** (A). Charlemagne, par Alphonse Vétault, avec une introduction par Léon Gautier et des éclaircissements par MM. Anatole de Barthélemy, G. Demay, A. Longnon, etc., avec 2 eaux-fortes par L. Flameng, d'après Lameire et Chifflart, 4 chromolithographies, 15 grandes gravures hors texte, d'après les dessins de Bocourt, Duvivier, Lavée, etc.. une carte de l'empire de Charlemagne, et environ 125 dessins dans le texte, d'après les manuscrits du IXe siècle, par Hurel, Dardel, etc. *Tours, Alfred Mame et fils*, 1877, gr. in-8, mar. bleu, fil. dos orné, dent. int. tr. dor. (*David.*)

Bel exemplaire sur papier de Chine. Tiré à 21 exemplaires sur ce papier.

175. **Villars** (**de**). Mémoires de la Cour d'Espagne sous le règne de Charles II, 1678-1682, par le marquis de Villars. *Londres, Trübner et Cie*, 1861 (*Chisiewick Press, imprimé par Whittingham et Wilkins*), in-8, mar. r. fil. dos orné, dent. int. tr. dor. (*Petit-Simier.*)

Édition tirée à 100 exemplaires et publiée par les soins de M. Will. Stirling, de la Société des Philobiblion. On a ajouté un portrait photographié d'après J.-F. Léonard.

176. **Viollet-le-Duc**. Six Mois de la vie d'un jeune homme (1797), par Viollet-le-Duc. *A Paris, chez P. Jannet*, 1853. in-16, mar. r. jans. dent. int. tr. dor. (*Hardy.*)

177. **Voltaire**. La Pucelle d'Orléans, poème en vingt-un chants par Voltaire. Édition ornée de figures gravées par Duplessis-Berthault. *Paris, Leclère*, 1865, 2 vol. in-12, mar. bleu jans. fil. int. tr. dor. (*Thibaron-Echaubard.*)

Un des deux exemplaires imprimés sur PEAU DE VÉLIN.
Les figures y sont tirées en trois états : sur *vélin*, sur *chine au bistre* et sur *satin*.

178. **Voltaire**. Candide ou l'Optimisme. édition originale. suivie d'une lettre de M. Démad et de notes et variantes.

Paris, Académie des bibliophiles, 1869, imprimerie D. Jouaust.
in-8, portr. *en feuilles,* dans un étui en mar. r.

Un des deux exemplaires sur PEAU DE VÉLIN.

179. **Le Voyage** du puys sainct Patrix auquel lieu on voit les peines du purgatoire, et aussi les ioyes de paradis (publ. par Veinant et Giraud de Savines). *S. l. n. d. (Paris, 1839),* petit in-4 goth. de 14 ff., figures, mar. r. à comp. fil. dos orné, dent. int. tr. dor. (*Niedrée.*)

L'un des deux exemplaires imprimés sur PEAU DE VÉLIN.

180. **Voyages aériens** par J. Glaisher, Camille Flammarion, W. de Fonvielle et Gaston Tissandier. Ouvrage contenant 117 gravures sur bois et 6 chromolithographies dessinées d'après les croquis d'Albert Tissandier par Eugène Cicéri et Adrien Marie, et 15 diagrammes ou cartes. *Paris, Hachette et Cⁱᵉ,* 1870, gr. in-8, dos et coins de mar. r. tête dor. non rog. (*David.*)

Exemplaire sur papier de Chine.

181. **Wallon.** Saint Louis, par M. H. Wallon, suivi d'éclaircissements par MM. G. Demay, A. de Barthélemy, A. Longnon, etc., avec 9 chromolithographies ; 22 grandes gravures hors texte, d'après Bocourt, Duvivier, Pasquier, et autres, etc., trois fac-similés, 4 cartes en couleur, et environ 260 dessins dans le texte, reproduisant tous les types de l'art au XVIIIᵉ siècle, par Dardel, Fichot, Fesquet et autres, etc. *Tours, Alfred Mame et fils,* 1878, gr. in-8, mar. bleu, fil. dos orné, dent. int. tr. dor. (*David.*)

Bel exemplaire sur papier de Chine. Tiré à 21 exemplaires sur ce papier.

Paris. — Typ. Georges Chamerot, 19, rue des Saints-Pères. — 16912.

La vente de la seconde partie de la Bibliothèque
de M. H. de ··· composée de six cents articles, de
livres anciens, manuscrits sur vélin, gothiques
français, livres à figures sur bois, reliures anciennes
avec armoiries, poètes français des seizième et dix-
septième siècles, éditions originales de nos grands
écrivains, livres à figures du dix-huitième siècle,
etc., etc., aura lieu à l'Hôtel Drouot en février
prochain.